Inhalt

Konfitüre & Marmelade

Gelee – eine klare Sache

Ein Schuss Hochprozentiges sorgt nicht nur für bessere Haltbarkeit, sondern gibt vielen Konfitüren noch den besonderen Pfiff.

Manche Früchte eignen sich nicht zum Entsaften; dafür lässt sich aus ihnen leckeres Mus zubereiten.

Natur pur

Konfitüre, Marmelade und Gelee – die fruchtig-süßen Brotaufstriche gehören für die meisten Menschen zu einem guten Frühstück dazu. Und das hat seinen Grund, denn sie versorgen uns mit vielen wichtigen Nährstoffen, die uns einen guten Start in den Tag ermöglichen. Wertvolle Inhaltsstoffe wie Vitamine, Mineralien, sekundäre Pflanzenstoffe und Kohlenhydrate liefern uns genug Energie, um einen arbeitsreichen, hektischen oder stresserfüllten Tag besser meistern zu können. Auch wer sich kalorienbewusst ernähren will oder aus gesundheitlichen Gründen keinen Zucker essen darf, braucht nicht auf die süßen Köstlichkeiten zu verzichten. Denn man kann sie ebenso mit reduzierten Zuckermengen oder Zuckeraustauschstoffen zubereiten.

Entdecken Sie mit diesem Buch, wie einfach die Zubereitung von Marmelade, Konfitüre und Gelee ist. Lassen Sie sich von außergewöhnlichen Ideen inspirieren, um immer wieder neue Rezepte auszuprobieren. Ob zitrusfrische Marmeladen, fruchtige Konfitüren oder leichte Gelees – auch für Ihren Geschmack ist garantiert das Richtige dabei. Kreieren Sie neue Lieblingsrezepte und verwöhnen Sie Ihre Familie und Freunde mit immer neuen Überraschungen auf dem Frühstückstisch.

Köstliches aufs Brot

Beliebt seit Jahrhunderten

Schon in prähistorischer Zeit haben Menschen Lebensmittelvorräte angelegt. Dabei stellte sich aber auch immer das Problem, dass je nach klimatischen Verhältnissen und Art der Lebensmittel diese mehr oder weniger schnell verdarben. Also musste man Mittel und Wege finden, diese Nahrungsmittel haltbar zu machen.

In den warmen Klimazonen stellte sich weniger das Problem, da beispielsweise frisches Obst und Gemüse das ganze Jahr über frisch geerntet werden konnten und somit immer zum Verzehr zur Verfügung standen. In unseren Breiten ist die Erntesaison dagegen an bestimmte Jahreszeiten gebunden. Alle Fruchtarten reifen jeweils in einem relativ kurzen Zeitraum heran und stehen dann in großen Mengen zur Verfügung. In der kurzen Zeit, in der sie frisch bleiben, können sie jedoch nicht alle verzehrt werden, da sie einem natürlichen Zersetzungsprozess unterworfen sind. Daher war es besonders wichtig Konservierungsmethoden für Früchte zu entwickeln, damit sie auch in den „mageren" Zeiten außerhalb der Erntesaison oder in den kalten Wintermonaten für den Speiseplan zur Verfügung standen.

Konfitüre ist ein gesunder Fruchtaufstrich, der lange haltbar ist.

Lange Haltbarkeit

Die älteste Konservierungsmethode ist das Trocknen oder Dörren. Erst später, als man herausgefunden hatte, dass durch Erhitzen und die Zugabe von Zucker eine lange Haltbarkeit erzielt werden konnte, begann man, Früchte zu Marmelade – wie früher alle Fruchtzubereitungen dieser Art genannt wurden – zu verarbeiten.

Vorräte für schlechte Zeiten

In der Neuzeit war es besonders in den Nachkriegsjahren üblich Vorräte anzulegen, um sie im eigenen Keller für „schlechte Zeiten" einzulagern. Noch zu frisch war die Erinnerung an die Not und die Nahrungsknappheit. In den letzten fünfzig Jahren hat der Trend zur Vorratshaltung aber immer weiter abgenommen. Die Versorgungslage hat sich nicht nur erheblich gebessert, sondern hat sich sogar zu einer Art Überflussgesellschaft gewandelt. Die Transportwege für Lebensmittel sind schneller geworden und durch die ununterbrochene Kühlkette beim Transport und Kühlsysteme im Geschäft und zu Hause stehen uns ständig frisches Obst und Gemüse zur Verfügung.

SMART Tipp

› **Selbst gemachte** Fruchtaufstriche sind nicht nur etwas für den Vorratskeller, sondern sind auch – in hübschen Gläsern abgefüllt und liebevoll und kreativ dekoriert oder verpackt – ein gern gesehenes und vor allem persönliches Mitbringsel für Freunde und Verwandte.

Für die Verarbeitung muss das Obst frisch sein.

Früchtevielfalt auf den Tisch

Und dennoch lohnt es sich Marmelade, Konfitüre und Gelee selbst einzukochen. Denn falls Sie einen eigenen Garten besitzen oder gerne in freier Natur Wildfrüchte sammeln, können Sie sich zur Erntesaison preiswert einen Vorrat an leckeren Brotaufstrichen anlegen, die sie genau nach Ihrem Geschmack zubereiten können. Immer wieder neue Kombinationen oder andere Zutaten zur Verfeinerung bringen eine nicht enden wollende Vielfalt auf den Tisch. Und wenn Sie nicht selbst ernten wollen oder können, sind dennoch zur Erntesaison die Preise von einheimischen Früchten günstiger und das Angebot ist reichhaltiger, sodass man auch hierbei bei vorausschauender Planung Geld sparen kann. ●

Konservieren durch Zucker und Erhitzen

Bei der Zubereitung von Konfitüre, Marmelade und Gelee macht man sich die Tatsache zunutze, dass ein hoher Zuckergehalt und das Erhitzen eine konservierende Wirkung haben. Aber warum verderben Früchte überhaupt und wie funktioniert das Haltbarmachen?

Frische Nahrungsmittel werden sowohl durch chemische als auch mikrobielle Umwandlungsprozesse verändert. Die chemische Veränderung ist jedem vom „Braunwerden" von Äpfeln oder Bananen bekannt, wenn sie geschält oder aufgeschnitten längere Zeit der Luft ausgesetzt sind. Hierbei werden bestimmte Substanzen im Fruchtfleisch durch den Sauerstoff in der Luft chemisch verändert, was manchmal innerhalb weniger Minuten erfolgen kann. Das führt aber noch nicht zu einem Verderben der Früchte. Wird das Obst dagegen durch Mikroorganismen zersetzt, wird es für den Verzehr ungenießbar. In frischem Obst finden diese Kleinstlebewesen optimale Lebensbedingungen. Durch Kühlen oder Einfrieren kann man das Wachstum der Mikroorganismen verlangsamen oder sogar zum Stillstand bringen. Abgetötet werden sie aber durch niedrige Temperaturen nicht. Bei Erwärmung wachsen sie und vermehren sich wieder.

Was tun bei Schimmel?

Gelegentlich kommt es vor, dass der Inhalt von Gläsern mit nicht ganz dicht schließenden Deckeln oder angebrochenen Gefäßen an der Oberfläche zu schimmeln beginnt. Wurden bei der Zubereitung mindestens 50 Prozent Zucker verwendet, können Sie den Schimmel großzügig entfernen und den Rest verzehren, weil bei diesem hohen Zuckergehalt die Schimmelpilze keine Giftstoffe bilden. Beginnt ein Brotaufstrich zu schimmeln, der weniger als 50 Prozent Zucker enthält, sollten Sie die gesamte Menge wegwerfen.

Schädliche Keime

Es gibt drei Gruppen von Erregern, die zum Verderben von Lebensmitteln führen:

- **Fäulniserreger** setzen übel riechende Verbindungen frei. Dadurch können sogar Giftstoffe entstehen. Das Wachstum dieser Bakterien wird durch eine saure Umgebung gehemmt. Sie spielen beim Verderben von Obst weniger eine Rolle.
- **Gärungserreger** spalten unter Gasentwicklung große Moleküle wie Stärke oder Zucker, wodurch Endprodukte wie Alkohol oder Essig entstehen können. Dieses Phänomen kennt man von überreifen Früchten, die schon zu „gären" anfangen

Zucker unterstützt die konservierende Wirkung.

und deutlich nach Alkohol schmecken. Dies macht man sich zum Beispiel bei der Mostherstellung zunutze.

▸ **Schimmelpilze** bilden auf der Oberfläche von Früchten einen pelzigen, oft auffallend gefärbten Belag und können auch hochgiftige Substanzen ausscheiden.

Abtöten von Mikroorganismen

Beim Konservieren geht es nun darum, diese Mikroorganismen abzutöten und dafür zu sorgen, dass die Erzeugnisse nicht wieder von neuen Erregern befallen werden. Bei der Zubereitung von Marmelade, Konfitüre und Gelee werden die schädlichen Keime durch Aufkochen abgetötet. Gleichzeitig sorgt der hohe Zuckergehalt für eine konservierende Wirkung, da die Mikroorganismen in einem stark zuckerhaltigen Milieu nicht überleben können oder zumindest in ihrem Wachstum gehemmt werden, denn der Zucker in der Umgebung entzieht ihren Zellen Wasser.

Durch die Aufbewahrung unter Luftabschluss wird außerdem das Eindringen von neuen Keimen verhindert und eine lange Haltbarkeit gewährleistet. Voraussetzung sind natürlich sauberes Arbeiten und dicht schließende Gefäße.

SMART **Schon gewusst?**

› **Bei einem Zuckergehalt** von mindestens 50 Prozent (Frucht : Zucker = 1:1) können sich in der Regel keine Mikroorganismen entwickeln. Liegt der Gehalt niedriger, ist ein Befall besonders durch Schimmelpilze möglich. Gelierzucker, die im Ver hältnis 1:2 oder 1:3 eingesetzt werden, enthalten daher zusätzlich Konservierungsstoffe.

Vielfalt der Brotaufstriche

Im herkömmlichen Sprachgebrauch werden die meisten Fruchtzubereitungen, die als Brotaufstrich genutzt werden, als Marmelade bezeichnet. Nach offizieller Definition des deutschen und EU-Lebensmittelrechts unterscheidet man dagegen eine ganze Reihe unterschiedlicher Erzeugnisse.

Obwohl er aus unserem täglichen Sprachgebrauch nicht wegzudenken ist, darf der Begriff Marmelade offiziell nur für Erzeugnisse aus Zitrusfrüchten verwendet werden. Alle anderen Fruchtzubereitungen werden als Konfitüre, Gelee, Fruchtaufstrich oder Mus bezeichnet.

Unter welcher Bezeichnung die einzelnen Erzeugnisse geführt werden, hängt einerseits von dem Frucht- oder Fruchtsaftanteil ab, andererseits auch von der Art und Menge des zugesetzten Zuckers und weiterer Zutaten wie Pektin, Säure und andere Zusätze.

Was kommt aufs Brot?

Marmelade	Streichfähige Zubereitung aus dem Fruchtfleisch, dem Saft und/oder den Schalen von Zitrusfrüchten, Fruchtgehalt mindestens 20 Prozent
Konfitüre extra	Fruchtgehalt von mindestens 45 Prozent mit erkennbaren Fruchtstücken
Konfitüre einfach	Fruchtgehalt von mindestens 35 Prozent mit erkennbaren Fruchtstücken oder als Fruchtmark (püriert)
Gelee extra	Fruchtanteil 45 Prozent, aus Fruchtsaft, Fruchtkonzentrat oder einem wässrigen Auszug
Gelee einfach	Fruchtgehalt 35 Prozent, aus Fruchtsaft, Fruchtkonzentrat oder einem wässrigen Auszug
Fruchtaufstrich	Fruchtgehalt über 45 Prozent, alle Süßungsmittel erlaubt
Mus	Fruchtgehalt über 45 Prozent, nur aus einer Fruchtart, längere Erhitzungszeit

Der kleine Unterschied

Fruchtmus – am bekanntesten ist hier das Pflaumenmus – wird jeweils nur aus einer Fruchtart zubereitet. Der Zuckergehalt ist relativ gering, die Erhitzungszeit dafür aber wesentlich länger als bei den anderen Fruchtzubereitungen. Konfitüren, Marmeladen und Fruchtaufstriche können aus einer oder mehreren Fruchtarten bestehen. In der Konfitüre extra müssen erkennbare Fruchtstücke enthalten sein. Bei den anderen Erzeugnissen dürfen alle Früchte püriert sein. Gelees werden aus Säften oder wässrigen Auszügen von einer oder mehreren Obstarten hergestellt. Bei Konfitüren und Gelees wird der Fruchtgehalt vorgeschrieben (siehe Tabelle). Dabei gibt es aber Ausnahmen. Bei Erzeugnissen aus Schwarzen Johannisbeeren, Quitten, Hagebutten und

Frisches Obst und Gemüse wird durch Einkochen und Zuckerzusatz haltbar gemacht.

Passionsfrüchten darf der Fruchtgehalt auch geringer sein.

Süßungsmittel

Für Konfitüre, Marmelade und Gelee dürfen in der Lebensmittelindustrie nur Weißzucker, Halbweißzucker, Invertzuckersirup und Traubenzucker verwendet werden. So gelten zum Beispiel alle Zubereitungen, die einen höheren Fruchtanteil und dadurch einen geringeren Zuckeranteil aufweisen oder mit einem anderen Süßungsmittel wie Fruchtzucker, Rohzucker (Brauner Zucker), Ahornsirup oder Honig gesüßt werden, als Fruchtaufstrich oder Fruchtmus. Durch den geringeren Zuckeranteil sind sie weniger lange haltbar und müssen nach dem Anbrechen im Kühlschrank aufbewahrt werden. Auch Erzeugnisse für Diabetiker, die ja als Süßungsmittel Fruchtzucker oder Zuckeraustauschstoffe wie Sorbit enthalten, gelten somit nicht als Konfitüre, sondern als Fruchtaufstrich. Auch die Art des Verdickungsmittels ist laut Konfitüren-Verordnung vorgeschrieben. Bei Erzeugnissen mit dem Namen „Konfitüre extra“ sowie „Gelee extra“ darf nur Pektin als Geliermittel verwendet werden. Bei den restlichen Brotaufstrichen sind auch andere Verdickungsmittel wie zum Beispiel Johannisbrotkernmehl oder Guarkernmehl zulässig. Alle diese Bestimmungen gelten natürlich nicht für die selbst zubereiteten Fruchtaufstriche. Hier können Sie Ihrer Fantasie bei der Abwandlung der Rezepte freien Lauf lassen und sich ganz nach Angebot und persönlichem Geschmack richten.

Backen und Kochen mit Konfitüre und Gelee

Konfitüre, Marmelade, Gelee oder Fruchtmus spielen in der Regel ihre Hauptrolle beim Frühstück. Fast in jedem Haushalt gehören sie einfach zu frischen Brötchen oder Croissants, zu Brot oder Toast. Sie lassen sich aber noch anderweitig in der Küche verwenden.

Für die Zubereitung von Kuchen, Torten oder Weihnachtsplätzchen werden häufig Fruchtaufstriche als geschmacksgebende und süßende Zutat verwendet. Am bekanntesten ist wohl die Linzertorte, die je nach Vorliebe mit Johannisbeergelee oder Himbeerkonfitüre zubereitet wird. Häufig wird auch der Frankfurter Kranz mit roter Konfitüre verfeinert.

Die Linzertorte wird mit Johannisbeergelee oder Himbeerkonfitüre zubereitet.

Besonders zu Silvester oder Fasching haben die Krapfen Hochsaison, die je nach Region auch als Berliner, Ballen oder Mutzen bezeichnet werden. Die aus Hefeteig zubereiteten Krapfen werden im schwimmenden Fett ausgebacken und anschließend mit Konfitüre nach Geschmack gefüllt. Angeblich haben die Norddeutschen eine Vorliebe für mit roter Konfitüre gefüllte Krapfen, während in Süddeutschland eher gelbe Konfitüre verwendet wird.
Ein Klassiker sind die mit Pflaumenmus gefüllten Germknödel (Germ = Hefe), eine österreichische Spezialität, die mit zerlassener Butter und mit Mohn und Zucker bestreut serviert werden. Die Knödel an sich bestehen aus Hefeteig und werden wie Dampfnudeln zubereitet. Vor dem Garen werden sie jedoch mit Pflaumenmus gefüllt.
Hier ist eines der Original-Rezepte für 6 Germknödel:

Germknödel mit Pflaumenmus

- 150 ml Milch
- 375 g Mehl
- 15 g frische Hefe
- 4 EL Zucker
- 120 g Butter
- 1 Ei
- Salz
- Pflaumenmus
- etwas Mehl
- 4 EL gemahlener Mohn

1 Milch erwärmen. Mehl in eine Schüssel sieben und in die Mitte eine Mulde drücken. Die Hefe hineinbröckeln. 1 EL Zucker und die Hälfte der Milch zufügen, mit etwas Mehl verrühren. Den Vorteig zugedeckt an einem warmen Ort 15 Minuten gehen lassen.

2 40 g Butter schmelzen und mit der übrigen Milch mischen. Mit Ei, 1/2 TL Salz und 1 EL Zucker zum Vorteig geben. Alles glatt verkneten, etwa 30 Minuten gehen lassen, nochmals durchkneten und zu einer Rolle formen. In 6 gleich große Stücke teilen und etwas flachdrücken.

3 Je 1 TL Pflaumenmus in die Mitte geben. Teig darüber zusammenfassen und zu Knödeln formen. Auf einem bemehlten Brett zugedeckt 20–30 Minuten gehen lassen. 150 ml Salzwasser aufkochen. Je 3 Knödel in einen Locheinsatz (z. B. vom Schnellkochtopf) setzen, hineinstellen.

4 Knödel zugedeckt ca. 20 Minuten dämpfen. Sofort mehrmals einstechen. 80 g Butter schmelzen, einen Teil darüber träufeln, warm stellen. Die übrigen Knödel ebenso garen. Die Knödel mit restlicher Butter begießen, mit Mohn und Zucker bestreut servieren.

Bei den pikanten Gerichten sind es besonders Wild- und Geflügelgerichte, denen süße Fruchtzubereitungen häufig den besonderen Pfiff geben. Am bekanntesten ist die Preiselbeerkonfitüre, die gern pur oder in Verbindung mit Birnenhälften aus der Dose als Garnitur und zum Verfeinern von Reh- und Hirschgerichten verwendet wird. Johannisbeergelee oder Hagebuttenmus eignet sich zum Verfeinern von dunklen Soßen. Zu hellerem Fleisch wie zum Beispiel Kaninchen passt eher ein helles Quittengelee.

SMART **Tipp**

› **Beim Bestreichen** von Backwaren mit Konfitüre oder Gelee sollte das Backwerk zuvor auskühlen, damit sich die Fruchtmasse nicht verflüssigt.

Geräte und Lagerung

Eingekochtes sollte kühl in Keller oder Speisekammer gelagert werden.

Neben Geräten, die ohnehin in jedem Haushalt vorhanden sind, benötigen Sie zur Zubereitung von Konfitüren, Marmeladen und Gelees Geschirrtücher, Kochlöffel, einen Küchenwecker, verschiedene Messer und einen Sparschäler. Zudem sollten Sie die in der Tabelle auf Seite 15 aufgeführten Geräte griffbereit haben.

Die richtige Lagerung

Die verschiedenen Fruchtaufstriche werden in der Regel auf Vorrat zubereitet, wenn die jeweiligen Früchte gerade Hochsaison haben. Damit sie möglichst lange ohne Qualitätsverlust aufbewahrt werden können, müssen sie richtig gelagert werden. Die ideale Lagertemperatur liegt zwischen 4 und 12 °C. Zu hohe Temperaturen verkürzen die Haltbarkeitszeit. Der Lagerraum sollte trocken sein. Am besten sind Kelleräume oder eine kühle Speisekammer geeignet. Die Gläser sollten dunkel stehen, da Licht die Qualität und Farbe beeinträchtigen kann.

Haltbarkeit durch sauberes Arbeiten

Die Haltbarkeit beträgt bei sachgerecht zubereiteten Marmeladen, Konfitüren und Gelees mindestens ein Jahr, häufig viel mehr. Sinnvoll ist es, wenn Sie auf den Etiketten der Gläser nicht nur den Namen des Erzeugnisses vermerken, sondern auch Datum der Herstellung. Angebrochene Gläser stellen Sie am besten in den Kühlschrank. Zum Entnehmen verwenden Sie immer einen sauberen Löffel, um nicht unnötig Keime einzuschleppen, die zu einem Verderben führen können.

SMART Tipp

› **Bei der Zubereitung** der verschiedenen Fruchtaufstriche ist es ganz wichtig, sauber zu arbeiten. Sonst kommt es vor, dass schädliche Keime den Brotaufstrich verderben, vor allem wenn Rezepte mit weniger Zucker verwendet wurden. Daher müssen alle Geräte völlig sauber sein.

Alle Geräte auf einen Blick

Dampfentsafter	zum Heißentsaften von pektinreichen Früchten
Durchschlag oder Sieb	zum Abtropfen für gewaschenes Obst
Einfülltrichter	zum sauberen Befüllen der Gläser
Entsteiner	zum Entsteinen von Kirschen, Pflaumen und Mirabellen
Gläser mit Schraubdeckel oder Twist-off-Verschluss	zum Abfüllen der verschiedenen Fruchtaufstriche
Großer Kochtopf mit weiter Öffnung	damit möglichst viel Wasser verdampfen kann
Kartoffelstampfer oder Pürierstab	zum Zerkleinern der Früchte
Küchenwaage	zum genauen Abwiegen der vorbereiteten Früchte und des Zuckers
Messbecher	zum Abmessen der Saftmenge
Mixer	zum Zerkleinern der Früchte und zur Zubereitung roh gerührter Konfitüren
Mulltuch und Schüssel	zur Saftgewinnung, wenn kein Entsafter verwendet wird
Saftzentrifuge	zum Kaltentsaften von pektinarmen Früchten
Schaumlöffel	zum Entfernen von Schaum und eventuellen Schmutzteilchen beim Kochen
Suppenkelle	zum Abfüllen der heißen Masse
Zitruspresse	zum Entsaften von Zitrusfrüchten für Marmeladen und Gelees

Alle Zutaten auf einen Blick

Für die Zubereitung von süßen Fruchtaufstrichen sind außer den Früchten nur wenige Grundzutaten erforderlich, die fast in jedem Supermarkt oder Lebensmittelgeschäft erhältlich sind.

Hauptzutat ist natürlich der Zucker. Neben seiner süßenden Eigenschaft ist besonders die konservierende Wirkung von Bedeutung. Außerdem bleiben durch die Zugabe von Zucker Farbe und Aroma der Früchte besonders gut erhalten.

Darüber hinaus verhindert er den allzu schnellen Abbau von Vitaminen und Nährstoffen. Wenn Sie normalen Haushaltszucker verwenden, verlängert sich jedoch die Kochzeit – abhängig von den Früchten und deren Pektingehalt – erheblich.

Verwendet man statt normalem Haushaltszucker den so genannten Gelierzucker, der außer Zucker Pektin und Zitronensäure enthält, verkürzt sich die Kochzeit und Vitamine und Nährstoffe bleiben besser erhalten. Meistens reicht es aus, wenn die Masse zwischen zwei und vier Minuten brausend kocht. Auf der Packung ist die jeweils empfohlene Kochzeit angegeben, die eingehalten werden sollte.

Der Zucker wird vor dem Erhitzen mit den Früchten vermischt.

Gelierzuckervarianten

Es gibt auch Gelierzucker für die Zubereitung von kalorienärmeren Brotaufstrichen. Hier werden die Früchte mit dem Zucker nur im Verhältnis 2:1 oder 3:1 (Frucht: Zucker) vermischt. Diese Gelierzucker enthalten außer Zucker, Pektin und Zitronensäure auch den Konservierungsstoff Sorbinsäure, damit der Brotaufstrich trotz des geringeren Zuckergehaltes haltbar bleibt. Wer auf diesen Konservierungsstoff verzichten möchte, sollte daher den herkömmlichen Gelierzucker im Verhältnis 1:1 verwenden.

Gelierhilfen und andere Zutaten

Speziell für Diabetiker gibt es so genannte „Diabetiker-Gelierzucker“. Sie enthalten statt Zucker den Zuckeraustauschstoff Sorbit (im Handel auch unter „Sionon“ angeboten) sowie Pektin und Zitronensäure. Die Verwendung erfolgt wie bei normalem Gelierzucker. Die entsprechenden Mengenangaben sind auf der Packung angegeben.

- **Geliermittel** in flüssiger Form (reines Pektin) oder in Pulverform (Pektin, Zitronensäure und Traubenzucker) werden verwendet, wenn man Marmelade, Konfitüre und Gelee mit normalem Haushaltszucker zubereitet. Bei der Verwendung von flüssigem Geliermittel ist die Kochzeit besonders kurz, daher ist die Zubereitung sehr nährstoff- und aromaschonend.
- **Zitronensäure** in Form von Pulver, Kristallen oder als Zitronensaft wird besonders bei der Verarbeitung säurearmer Früchte verwendet. Sie verbessert den Geschmack und erhöht die Gelierfähigkeit. Die Dosierung hängt von Fruchtart und Konzentration der Zitronensäure ab.

Die Grundzutaten sind in jedem Supermarkt erhältlich.

SMART Tipp

› **Fruchtaufstriche** lassen sich mit verschiedenen Zutaten verfeinern. Hierzu gehören Gewürze wie Vanille, Zimt, Ingwer oder Nelken sowie unbehandelte Zitronen- oder Orangenschale. Auch Kräuter, Blütenblätter oder zerkleinerte Nüsse werten die Erzeugnisse optisch und aromatisch auf. Spirituosen – gegen Ende der Kochzeit zugegeben – verleihen den süßen Köstlichkeiten das gewisse Etwas.

- **Alternativ** kann man statt Pektin auch Agar-Agar verwenden, ein aus Meeresalgen gewonnenes Pulver. Es wird mit kaltem Saft angerührt und der heißen Fruchtmasse zugesetzt. Dann kocht man noch einmal auf. Allerdings kann der Geliervorgang einige Tage dauern. Währenddessen sollten die Gläser nicht bewegt werden.
- **Hinweis:** In diesem Buch werden fast ausschließlich Rezepte mit Gelierzucker aufgeführt. Sie können aber auch mit normalem Zucker und anderen Gelierhilfen zubereitet werden.

Welche Früchte sind geeignet?

Grundsätzlich eignen sich alle vollreifen Früchte für die Herstellung der verschiedenen Fruchtaufstriche. Ob man aus ihnen lieber Konfitüre, Gelee oder Mus herstellt, hängt von Wassergehalt und Konsistenz der Früchte, aber auch vom eigenen Geschmack ab.

Wild oder exotisch

Je nach Herkunft lassen sich drei Kategorien von Früchten unterscheiden:

- **Wildfrüchte** kommen bei uns in freier Natur wild wachsend vor und dürfen von jedem geerntet werden. Achten Sie aber bitte darauf, dass die Bäume oder Sträucher, von denen Sie ernten, nicht an Straßen oder Abgas erzeugenden Industrieanlagen stehen, damit die Früchte nicht unnötig stark mit Schadstoffen belastet sind. Auch sollten Sie Früchte aus dem Wald und solche, die dicht über dem Boden wachsen, nicht roh verzehren, um sich nicht mit dem Fuchsbandwurm zu infizieren. Nach Erhitzen sind die Erreger abgetötet und die Früchte können bedenkenlos verzehrt werden. Zu den geeigneten Wildfrüchten zählen Berberitze, Brombeere, Eberesche, Hagebutte, Himbeere, Heidelbeere, Preiselbeere, Sanddorn und Schlehe.
- **Einheimische Kulturfrüchte** sind alle Obstarten, die in unseren Gärten wachsen und auf den Märkten regelmäßig angeboten werden. Wer keinen eigenen Garten hat, sollte die günstigen Preise zur Erntesaison ausnutzen. Auch aus Gemüse wie Tomaten, Kürbissen, Rhabarber oder Zwiebeln lassen sich Konfitüren herstellen (siehe Seite 42).
- **Exotische Früchte** werden in südlichen Ländern erzeugt und regelmäßig importiert. Häufig sind sie das ganze Jahr über bei uns erhältlich. Zu ihnen zählen gängige Arten wie Ananas, Banane und Kiwi. Aber auch aus Feigen, Guaven, Kakis, Mangos oder Papayas lassen sich raffinierte Brotaufstriche zubereiten (siehe Seite 40).

Pektingehalt bei Früchten

Pektinarm: Ananas, Erdbeeren, Holunderbeeren, Kiwis und Rhabarber (zählt eigentlich zum Gemüse)
Mittlerer Pektingehalt: Aprikosen, Birnen, Brombeeren, Himbeeren, Renekloden, Sanddorn, Mirabellen, Pfirsiche, Weintrauben
Hoher Pektingehalt: Äpfel, Heidelbeeren, Johannisbeeren, Pflaumen, Preiselbeeren, Quitten, Stachelbeeren, Zitrusfrüchte

Frisch verarbeiten

Alle Früchte sollten Sie möglichst frisch verarbeiten, das heißt am besten noch am selben Tag, an dem Sie sie geerntet oder gekauft haben. Denn werden die Früchte zu lange gelagert, verlieren sie wertvolle Vitamine und Mineralstoffe und büßen

Weintrauben müssen vor der weiteren Verarbeitung von den Stielen gezupft werden.

einen Teil ihres Aroma- und Säuregehaltes ein. Ist es nicht möglich, die Früchte sofort zu verarbeiten, kann man sie gesäubert oder sogar schon püriert einfrieren. Später verfahren Sie mit den aufgetauten Früchten ebenso wie mit frischen. Geerntet wird am besten morgens bei trockenem Wetter, denn bei Regenwetter gepflücktes Obst enthält zu viel Wasser und hat weniger Aroma. Die Früchte sollten makellos sein. Schlechte Stellen müssen großzügig abgeschnitten werden, verdorbene Früchte werden weggeworfen. Überreife Früchte sind nicht geeignet, da sie weniger aromatisch sind und schlechter gelieren.

SMART Tipp

› **Das langwierige** Kochen, bis die Fruchtmasse von allein zu gelieren beginnt, hat besonders bei pektinarmen Obstarten den Nachteil, dass viele wertvolle Inhaltsstoffe regelrecht „verkochen". Daher ist es auf alle Fälle sinnvoll, bei der Zubereitung Gelierhilfen zu verwenden.

Noch nicht ganz reife Früchte kann man dagegen insbesondere bei der Geleezubereitung mit verwenden, da sie noch mehr Pektin enthalten als vollreife Früchte und den Geliervorgang fördern.

Pektingehalt

Das Gelieren wird durch das in allen Früchten vorkommende Pektin bewirkt. Je mehr Pektin in der Frucht vorhanden ist, umso besser geliert die aufgekochte Masse. Der Pektingehalt hängt einerseits von der Fruchtart und andererseits vom Reifegrad ab. Grundsätzlich enthalten unreife Früchte mehr Pektin als reife.

So werden die Früchte vorbereitet

Bevor aus den frischen Früchten die süßen Brotaufstriche entstehen, müssen sie noch entsprechend vorbereitet werden. Welcher Art diese Vorbereitung ist, hängt auch davon ab, ob Marmelade, Konfitüre, Gelee oder Mus zubereitet werden soll.

Zunächst werden die Früchte, die in einem möglichst makellosen Zustand sein sollten, verlesen und gewaschen. Empfindliche Früchte wie zum Beispiel Beerenobst und Erdbeeren werden nur vorsichtig mit Wasser überbraust, gründlich abgetropft und mit Küchenkrepp vorsichtig abgetupft, damit nicht unnötig viel Wasser in den Fruchtbrei gerät. Optimal ist es, wenn Himbeeren und Brombeeren überhaupt nicht gewaschen werden müssen, da sie schnell verwässern, Saft abgeben und dadurch an Aroma verlieren.

Ein spezieller Entsteiner erleichtert das Entsteinen von Kirschen.

Waschen, Putzen und Zerkleinern

- **Erdbeeren** werden erst nach dem Waschen von den Kelchblättern befreit. Johannisbeeren und Holunderbeeren werden von den Stielen abgestreift. Bei Stachelbeeren empfiehlt es sich zusätzlich, den eingetrockneten Blütenrest am unteren Ende der Frucht mithilfe eines kleinen Messers zu entfernen, wenn die Früchte im Ganzen und nicht nur deren Saft verwendet wird.
- **Steinobst** wird gewaschen und anschließend entsteint, was am einfachsten und schnellsten mit einem speziellen Entsteiner geschieht, der durch verschieden große Einsätze für kleine Früchte wie Kirschen oder größere wie Pflaumen oder Renekloden verwendbar wird.

Zur Bestimmung der Zuckermenge wird das Obst gewogen.

- **Kernobst** wird in der Regel geschält, vom Kerngehäuse befreit und anschließend in Stücke geschnitten. Auch alle exotischen Früchte werden geschält, bevor das Fruchtfleisch zerkleinert wird.
- **Bei Zitrusfrüchten** können das Fruchtfleisch oder nur der Saft, bei ungespritzten Früchten auch die Schale für die Marmeladenherstellung verwendet werden.

Weiterverarbeitung

Erst wenn alle Früchte entsprechend vorbereitet wurden, werden sie gewogen, damit man die entsprechende Menge an benötigtem (Gelier-)Zucker bestimmen kann. Je nachdem, ob Sie später eine homogene Fruchtmasse oder lieber einen Brotaufstrich mit ganzen Früchten bzw. Fruchtstücken möchten, belassen Sie einen Teil der Früchte oder Fruchtstücke im Ganzen und pürieren nur einen Teil oder die gesamte Fruchtmenge.
Wen die kleinen Kerne, die in Johannisbeeren, Himbeeren oder Brombeeren enthalten sind, stören, hat zwei Möglichkeiten. Entweder er bereitet aus diesen Früchten Gelee zu oder er passiert den Fruchtbrei vor der Zubereitung von Konfitüre durch ein Sieb, wodurch die kleinen Kerne der Beeren zurückgehalten werden.

SMART Tipp

› **Sollen Früchte** wie Äpfel, Birnen, Quitten und Zitrusfrüchte mit Schale verarbeitet werden, darf man natürlich nur ungespritztes Obst verwenden. Zusätzlich sollten diese Früchte vor der weiteren Verarbeitung mit heißem Wasser gründlich abgewaschen werden.

Zubereitung und Gelierprobe

Unabhängig davon, welche Art von Fruchtaufstrich zubereitet wird, ist die Vorgehensweise im Prinzip immer ähnlich. Der Fruchtbrei oder der gewonnene Fruchtsaft wird mit dem Zucker vermischt und unter ständigem Rühren aufgekocht, bis die Masse zu gelieren beginnt und abgefüllt werden kann.

Verwendet man Gelierhilfen, ist auf der jeweiligen Verpackung die erforderliche Kochzeit angegeben. Gerechnet wird ab dem Zeitpunkt, wenn die Masse brausend kocht.

Achten Sie bei allen Arbeitsgängen auf Sauberkeit. So sollte man beispielsweise immer nur einen bestimmten Holzkochlöffel zum Rühren verwenden, der sonst nicht beim Kochen eingesetzt wird, damit keine eventuell vom Holz aufgenommenen Aromastoffe anderer Lebensmittel an die Fruchtmasse abgegeben werden. Verwenden Sie möglichst Edelstahltöpfe. Töpfe aus anderen Metallen sind ungeeignet, da sie mit der Säure in den Früchten reagieren.

Edelstahltöpfe sind am besten geeignet.

Kochen und Abfüllen

Die Töpfe sollten so weit wie möglich sein, damit durch die große Oberfläche viel Wasser verdampfen kann. Es sollten nie mehr als 1 kg Früchte auf einmal verarbeitet werden, da sonst in der angegebenen Kochzeit nicht genug Wasser verdampft und die Gefahr des Überkochens zu groß ist. Denn die Masse muss mehrere Minuten lang sprudelnd kochen.

▸ **Zum Abfüllen** verwenden Sie am besten Gläser mit Twist-off-Verschluss oder Schnappverschluss und Gummiring. Gläser mit Schraubverschlüssen aus Kunststoff schließen häufig nicht dicht genug, genausowenig wie Einmachfolie.

▸ **Die Gefäße** werden zunächst gründlich gereinigt, dann möglichst heiß ausgespült und umgedreht zum Abtropfen auf ein Tuch gestellt. Die Deckel und gegebenenfalls Gummiringe werden am besten ausgekocht und bis kurz vor der Verwendung im heißen Wasser belassen. Die Gefäße dürfen auf keinen Fall mit einem Geschirrtuch abgetrocknet werden, da hierdurch Fusseln und Verunreinigungen hineingeraten könnten.

▸ **Kurz vor dem Befüllen** werden die Gläser umgedreht und auf dem feuchten Tuch nebeneinander aufgereiht. Nun füllt man mit einer Suppenkelle und wenn vorhanden einem Einfülltrichter die heiße Fruchtmasse in die Gläser bis knapp unter den Rand. Gläser mit Gummiring und Schnappverschluss dürfen nicht ganz so hoch befüllt werden, damit der Gummiring nicht in die Fruchtmasse gedrückt wird. Falls nötig können Sie mit einem frischen, angefeuchteten Küchenkrepp den Rand sauberwischen und dann die Gläser sofort verschließen.

Etikettieren

Bevor die abgekühlten Gläser in einem kühlen, dunklen Raum aufbewahrt werden, versieht man sie mit Klebeetiketten, auf denen die Art der Frucht, das Zubereitungsdatum und eventuell das Mischungsverhältnis Zucker zu Frucht vermerkt sind. Wenn Sie sauber gearbeitet haben und die Gefäße dicht schließen, sind sie bei sachgemäßer Lagerung jahrelang haltbar.

Mithilfe der Gelierprobe kann man prüfen, ob die Masse lange genug gekocht hat.

Gelierprobe

Sobald die empfohlene Kochzeit um ist, wird eine Gelierprobe gemacht.

Für die Gelierprobe gibt man etwas Fruchtmasse auf einen kalten Teller oder einen kalten Löffel und hält diesen schräg.

Wenn die Fruchtmasse nicht mehr hinuntertropft, sondern eine Haut bildet und fest wird, ist die Gelierprobe bestanden. Die Masse kann nun abgefüllt werden.

ERDBEER
Ki

Konfitüre & Marmelade

So gelingt es sicher

Grundrezept Konfitüre

- 1 kg vorbereitete Früchte
- 1 kg Gelierzucker
- nach Geschmack passende Brände

Zubereitung von Konfitüre

1 Einen Teil der Früchte mit dem Pürierstab oder dem Mixer pürieren, einen Teil nach Belieben im Ganzen lassen oder nur grob zerkleinern.
2 Die Früchte mit dem Gelierzucker vermischen und je nach Fruchtart bis zu 24 Stunden zugedeckt stehen lassen, damit sie Saft ziehen können. Je saftreicher die Früchte sind, desto kürzer ist die Einwirkzeit.
3 Anschließend die Masse unter ständigem Rühren aufkochen und die für den Gelierzucker angegebene Kochzeit sprudelnd kochen lassen.
4 Gelierprobe machen (siehe Seite 23).
5 Bei erfolgreicher Gelierprobe die Konfitüre in vorbereitete Gläser füllen und sofort verschließen.
Nach Geschmack kann am Ende der Kochzeit noch ein Schuss eines zur Frucht passenden Brandes zugegeben werden.
Sind größere Fruchtstücke oder andere „Einlagen“ enthalten, die Gläser während des Abkühlens mehrmals umdrehen, damit sich die Fruchtstücke gleichmäßig verteilen.

Zubereitung von Marmelade

Grundrezept Marmelade

- 1 kg Fruchtfleisch von Zitrusfrüchten
- Schale von 2 unbehandelten Früchten, dünn abgeschält
- 1 kg Gelierzucker

1 Die Zitrusfrüchte schälen und das Fruchtfleisch ohne die weißen Häute abtrennen und zerkleinern.
2 Die unbehandelten Früchte heiß waschen und die Schale dünn abschälen.
3 Fruchtfleisch, Schalenstückchen und Gelierzucker miteinander vermischen und zwölf Stunden durchziehen lassen.
4 Die Masse unter ständigem Rühren aufkochen und die für den Gelierzucker angegebene Kochzeit sprudelnd kochen lassen.
5 Gelierprobe machen.
6 Nach erfolgreicher Gelierprobe die Marmelade in vorbereitete Gläser füllen und sofort dicht verschließen.

Ein Einfülltrichter erleichtert sauberes Arbeiten.

Durch das Auf-den-Kopf-stellen verteilen sich die Fruchtstücke gleichmäßig.

7 Die Gläser während des Abkühlens mehrmals umdrehen, damit sich die Schalenstückchen gleichmäßig verteilen.

Da Zitrusfrüchte einen relativ hohen Pektingehalt haben, gelieren Marmeladen in der Regel recht gut. Sie können auch einen Teil des Fruchtfleisches durch den Saft von Zitrusfrüchten ersetzen. Auch ein reines Gelee zum Beispiel aus Zitronen- oder Grapefruitsaft kann man zubereiten. Da diese Früchte aber stets kalt mit einer Zitruspresse entsaftet werden und somit immer eine gewisse Menge Fruchtfleisch in den Saft gerät, wird solch ein Gelee nie völlig klar im Vergleich zu Gelees, die aus durch Dampfentsaftung gewonnenem Saft zubereitet werden.

Wenn die Konfitüre nicht fest wird

Nach dem Abkühlen sollte die Fruchtmasse fest geworden sein, was sich durch vorsichtiges Kippen der Gläser feststellen lässt. Sollte die Masse nicht geliert haben, kann das verschiedene Ursachen haben. Entweder die Kochzeit war zu kurz und es wurde keine Gelierprobe gemacht oder es wurde zu lange gekocht, denn dadurch kann das Pektin und somit die gelierende Wirkung zerstört werden. In solchen Fällen müssen Sie die Masse noch einmal aufkochen, eventuell unter Zugabe von zusätzlichem Pektin am besten in flüssiger Form. Eine weitere Zuckerzugabe ist nicht notwendig. Vor dem erneuten Abfüllen sollten Sie dann aber unbedingt eine Gelierprobe durchführen.

Immer lecker: Einfruchtkonfitüren

Erdbeerkonfitüre mit Zitronenmelisse

- 1 kg Erdbeeren
- 1 kg Gelierzucker
- 1 Bund Zitronenmelisse
- 1 EL abgeriebene Schale von 2 unbehandelten Zitronen

1 Die Erdbeeren abbrausen, trockentupfen, von den Kelchblättern befreien und klein schneiden.
2 Die Zitronenmelisse abbrausen, trockenschütteln und fein hacken.
3 Die Zitronen heiß waschen, abtrocknen und die Schale mit einer feinen Reibe abreiben.
4 Alle Zutaten mit dem Gelierzucker vermischen und in einem weiten Topf unter Rühren zum Kochen bringen. 4 Minuten sprudelnd kochen lassen und dann Gelierprobe machen.
5 Sofort in saubere, heiß ausgespülte Gläser füllen und verschließen.

SMART Tipp

› **Achten Sie** beim Abreiben der Zitronenschale darauf, dass wirklich nur die dünne, gelbe äußere Schicht abgerieben wird. Alternativ können Sie auch 2 Päckchen Zitronenschale als Fertigprodukt verwenden.

Aprikosenkonfitüre

- etwa 1,5 kg Aprikosen
- 1 kg Gelierzucker
- Saft von einer Zitrone
- 4 EL Apricot Brandy

1 Die Aprikosen gründlich waschen und abtrocknen. Anschließend halbieren und den Stein entfernen oder mit einem Entsteiner arbeiten. 1,2 kg Aprikosen abwiegen.
2 Die Hälfte der Aprikosen im Mixer oder mit dem Pürierstab zermusen, die andere Hälfte in kleine Stücke schneiden. Die gesamte Fruchtmasse mit dem Gelierzucker vermischen und das Ganze mindestens 3 Stunden ziehen lassen.
3 Anschließend den Zitronensaft hinzufügen und unter Rühren aufkochen. Mindestens 2 Minuten brausend kochen lassen.
4 Gelierprobe machen und nach Geschmack den Brandy unterrühren.
5 Anschließend sofort in heiß ausgespülte Gläser abfüllen und verschließen.

Brombeerkonfitüre

- 1 kg Brombeeren
- 1 kg Gelierzucker
- Saft von einer Zitrone

1 Die Brombeeren verlesen und möglichst nicht waschen. Falls doch nötig, nur sanft abbrausen und vorsichtig trockentupfen.
2 Die Brombeeren mit dem Gelierzucker vermischen und über Nacht stehen lassen.
3 Zusammen mit dem Zitronensaft unter Rühren aufkochen und 4 Minuten sprudelnd kochen lassen.
4 Gelierprobe machen, in heiß ausgespülte Gläser füllen und sofort verschließen.

Nach diesem Rezept lässt sich auch Himbeerkonfitüre oder eine Mischung aus beiden Fruchtarten zubereiten.

Konfitüre aus verschiedenen Beeren

Etwas Besonderes: Konfitüren mit „Einlage“

Himbeer-Schoko-Konfitüre

- 1 kg Himbeeren
- 500 g Gelierzucker 2:1
- 2 EL Himbeergeist
- 100 g Zartbitter-Schokoflocken

1 Himbeeren verlesen, nur wenn nötig waschen und dann vorsichtig abtropfen lassen.
2 Mit dem Gelierzucker in einem großen Topf mischen und zum Kochen bringen.
3 4 Minuten unter Rühren sprudelnd kochen lassen und Gelierprobe machen.
4 Topf vom Herd nehmen und Himbeergeist und Schokoflocken unterrühren.
5 Konfitüre sofort in heiß ausgespülte Gläser füllen und fest verschließen.

SMART Tipp

› **Wenn sich größere** „Einlagen“ wie Mandel- oder Nussstücke, Blüten oder Kräuterzweige in der Konfitüre befinden, drehen Sie die Gläser beim Abkühlen mehrmals um. Dann verteilt sich der Inhalt gleichmäßig.

Himbeer-Schoko-Konfitüre

Kirsch-Walnuss-Konfitüre

- 1 unbehandelte Orange
- 100 g Walnusskernhälften
- 1 kg Sauerkirschen
- 200 ml Holundersaft
- 500 g Gelierzucker 2:1
- 2 - 3 Stiele Lavendelblüten (ungespritzt; ersatzweise 2 - 3 TL getrocknete Blüten)

1 Orange heiß abspülen, Schale fein abreiben und Frucht auspressen.
2 Walnüsse in einer beschichteten Pfanne rösten, bis sie zu duften beginnen, dann abkühlen lassen.
3 Sauerkirschen waschen, abtropfen lassen und entsteinen.
4 850 g Kirschfruchtfleisch abwiegen, in einen großen Topf geben und mit dem Pürierstab grob pürieren.

5 Orangensaft und -schale, Nüsse, Holundersaft und Gelierzucker untermischen.
6 Die Lavendelblüten von den Stielen zupfen, zugeben und die Masse zum Kochen bringen.
7 4 Minuten unter Rühren sprudelnd kochen lassen, dann Gelierprobe machen.
8 Anschließend sofort in heiß ausgespülte Gläser füllen und verschließen.

Kirsch-Walnuss-Konfitüre

Erdbeerkonfitüre mit Pfefferkörnern

- **1 kg Erdbeeren**
- **500 g Gelierzucker 2:1**
- **1 EL eingelegte Pfefferkörner (grün und rot)**
- **1/2 TL schwarzer, frisch gemahlener Pfeffer**

1 Die Erdbeeren waschen, abtropfen lassen und von den Kelchblätter befreien. In kleine Stücke schneiden und in einem weiten Topf mit dem Gelierzucker vermischen.
2 Die Masse aufkochen und unter Rühren 4 Minuten sprudelnd kochen lassen. Gegen Ende der Kochzeit die Pfefferkörner und den gemahlenen Pfeffer unterrühren.
3 Gelierprobe machen (siehe Seite 23), anschließend sofort in heiß ausgespülte Gläser abfüllen und verschließen.

Tipps für die „Einlagen“

Es sieht zum Beispiel sehr dekorativ aus, wenn in einem hellen, glasklaren Gelee kleine Blüten oder Zweige von Waldmeister oder Melisseblättchen „schweben“.

Geben Sie empfindliche Blüten und Kräuter erst nach Beendigung der Kochzeit hinzu oder stecken Sie ganze Zweiglein einzeln in die gefüllten Gläser.

Für Genießer: Mehrfruchtkonfitüren

Mehrfruchtkonfitüre

- 250 g Kürbis (geputzt gewogen)
- 250 g Zwetschgen (entsteint gewogen)
- 250 g Kirschen (entsteint gewogen)
- 250 g feste, reife Aprikosen (entsteint gewogen)
- 1 kg Gelierzucker

1 Kürbis schälen und die Kerne sowie das faserige Innere entfernen.
2 Zwetschgen, Kirschen und Aprikosen waschen, abtropfen lassen und entsteinen.
3 Kürbis, Zwetschgen und Aprikosen klein schneiden. Alle Früchte mit Gelierzucker in einem großen Topf mischen und ca. 3 Stunden durchziehen lassen.
4 Masse zum Kochen bringen und 4 Minuten unter Rühren sprudelnd kochen lassen.
5 Gelierprobe machen (siehe Seite 23), sofort in heiß ausgespülte Gläser füllen und verschließen.

Wählen Sie die Früchte für Mehrfruchtkonfitüren ganz nach eigenem Geschmack.

Erdbeer-Rhabarber-Konfitüre

- 600 g Erdbeeren
- 600 g Rhabarber
- 1 kg Gelierzucker
- 4 EL Rum

1 Die Erdbeeren waschen, abtropfen lassen, von den Kelchblättern befreien und zerkleinern, aber nicht vollständig pürieren.
2 Den Rhabarber waschen und abtrocknen. Die äußeren Fasern entfernen und die Stängel anschließend in Stücke schneiden.
3 Die zerdrückten Erdbeeren mit den Rhabarberstücken und dem Gelierzucker vermischen und alles mindestens 1 Stunde durchziehen lassen.

4 Dann die Masse unter Rühren aufkochen und etwa 4 Minuten sprudelnd kochen lassen.
5 Gelierprobe machen und nach Geschmack zum Schluss den Rum unterrühren.
6 Sofort in saubere, heiß ausgespülte Gläser füllen und verschließen.

Herrenkonfitüre

- **500 g Ebereschenbeeren (geputzt gewogen)**
- **500 g Brombeeren (geputzt gewogen)**
- **500 g süße feste Äpfel (geputzt gewogen)**
- **500 g Kiwis (geputzt gewogen)**
- **2 kg Gelierzucker**

1 Ebereschenbeeren putzen, waschen, mit 250 ml Wasser zum Kochen bringen und darin weich kochen. Abgießen, abschrecken und abtropfen lassen.

SMART Tipp

› **Beim Kombinieren** sollten Sie immer darauf achten, dass das Aroma der einzelnen Früchte miteinander harmoniert und nicht von einer bestimmten Sorte dominiert wird.

Herrenkonfitüre ist eine außergewöhnliche Fruchtkombination.

2 Brombeeren verlesen, waschen und abtropfen lassen.
3 Äpfel und Kiwis schälen, Äpfel entkernen, beides klein schneiden.
4 Alle Früchte mit dem Gelierzucker in einem großen Topf mischen und über Nacht zugedeckt durchziehen lassen.
5 Am nächsten Tag das Ganze zum Kochen bringen und unter Rühren 4 Minuten sprudelnd kochen lassen. Eventuell entstehenden Schaum abschöpfen.
6 Gelierprobe machen, sofort in heiß ausgespülte Gläser füllen und verschließen.

Konfitüren aus Wildfrüchten

Schlehenkonfitüre

- 1 kg Schlehen
- 500 g Gelierzucker
- Mark einer Vanilleschote
- 1/2 l Wasser

1 Die Schlehen waschen, abtropfen lassen und mit 1/2 l Wasser so lange kochen, bis sie zerfallen und weich sind. Anschließend durch ein feines Sieb passieren, damit die Steine zurückgehalten werden.
2 Das Schlehenmus mit dem Gelierzucker und dem Vanillemark vermischen.
3 Unter Rühren aufkochen und 4 Minuten sprudelnd kochen lassen.
4 Anschließend Gelierprobe machen, in heiß ausgespülte Gläser füllen und sofort verschließen.

SMART Tipps für die Schlehenverarbeitung

- **Schlehen erntet** man am besten nach dem ersten Frost, da sie sonst noch viele Gerbstoffe enthalten und sehr herb schmecken. Wegen ihrer geringen Eigensüße sind sie auch weniger für eine Zubereitung mit reduzierten Zuckermengen (2:1 oder 3:1) geeignet.
- **Sie können** die Schlehen auch dampfentsaften und daraus Gelee zubereiten.

Sanddornfrucht-aufstrich

- 1 kg Sanddornfrüchte
- 500 g Gelierzucker
- 100 ml Wasser

1 Die Früchte abbrausen und abtropfen lassen. Anschließend mit dem Wasser aufkochen, bis sie platzen.
2 Durch ein Sieb passieren und mit dem Gelierzucker vermischen. Unter Rühren aufkochen und 4 Minuten sprudelnd kochen lassen.
3 Gelierprobe machen, sofort in heiß ausgespülte Gläser füllen und verschließen.

Preiselbeerpaste

- 500 g Preiselbeeren
- 300 g fester, naturreiner Honig

1 Die Preiselbeeren verlesen und möglichst nicht waschen.
2 Die Beeren im Mixer pürieren und den Honig stückchenweise nach und nach zugeben, dabei immer weiter mixen. So lange pürieren, bis das Ganze eine geschmeidige Masse ergibt.
3 In kleine, saubere Gläser füllen und im Kühlschrank aufbewahren. Innerhalb von 4 Monaten verzehren.

SMART Ein paar Tipps zum Sammeln

- **Nicht in der** Nähe von stark befahrenen Straßen ernten, da die Früchte dann mit Schadstoffen belastet sind.
- **Beim Ernten** die Früchte nicht zu stark drücken und gegebenenfalls mit Stiel ernten, damit sie keinen Saft verlieren.
- **Zum Transport** weite Gefäße wie Eimer oder Körbe verwenden, keine Plastiktüten, damit die Früchte nicht zerdrückt werden.
- **Die Früchte** möglichst schnell verarbeiten.

Schlehenkonfitüre

Konfitüren mit Schuss

Bei der Zubereitung von Konfitüren und Gelees sind der Fantasie fast keine Grenzen gesetzt. Je nach Geschmack lassen sich die verschiedensten Früchte miteinander kombinieren. Manchmal bekommt das Ganze aber erst den richtigen Pfiff, wenn ein kleiner Schuss Hochprozentiges mit ins Spiel kommt.

Bei der Auswahl der Spirituosen sollte Sie sich möglichst an den verwendeten Früchten orientieren. So harmoniert ein Himbeergeist natürlich am besten mit Himbeeren, der Slibowitz passt zu Pflaumen und Mirabellen und der Obstler kann ein Gelee aus Äpfeln oder Quitten verfeinern. Aber auch ganz ungewöhnliche Kombinationen haben ihren Reiz.

Erdbeerkonfitüre mit Tequila

- **1 kg Erdbeeren**
- **1 kg Gelierzucker**
- **Saft von 2 Limetten**
- **4 cl Tequila**

1 Die Erdbeeren waschen, abtropfen lassen und von den Kelchblättern befreien.
2 Die Erdbeeren mit dem Pürierstab zerkleinern und mit dem Gelierzucker und dem Limettensaft verrühren.
3 Unter Rühren aufkochen und 4 Minuten sprudelnd kochen lassen. Anschließend Gelierprobe machen.
4 Herd ausschalten und Tequila in die nicht mehr kochende Masse einrühren.
5 Dann sofort in heiß abgespülte Gläser füllen und verschließen.

◄ *Erdbeerkonfitüre mit Tequila*

Mirabellenkonfitüre mit Geist

- etwa 1,2 kg Mirabellen (1 kg entsteint gewogen)
- 1 kg Gelierzucker
- 4 EL Mirabellengeist

1 Die Mirabellen waschen, abtrocknen und entsteinen. Grob zerkleinern, mit dem Gelierzucker vermischen und mindestens 4 Stunden durchziehen lassen.
2 Die Masse unter Rühren aufkochen und 4 Minuten sprudelnd kochen lassen. Gelierprobe machen.
3 Den Mirabellengeist unterrühren, sofort in heiß abgespülte Gläser füllen und verschließen.

Was passt zu welcher Frucht?

Fruchtart	Passende Spirituosen
Apfel, Birne, Quitte	Obstler, Calvados
Aprikose, Mirabelle	Marillenlikör, Mirabellengeist
Brombeere	Kroatzbeere
Erdbeere	Rum, Whiskey
Feige	Wodka
Heidelbeere	Curaçao
Himbeere	Himbeergeist
Johannisbeeren	Cassislikör
Kirschen	Kirschwasser, Amaretto
Pfirsich, Nektarine	Whiskey, Weißer Rum
Pflaume, Schlehe	Slibowitz, Gin
Stachelbeere	Weißer Rum
Zitrusfrüchte	Campari, Cointreau

Pfirsichkonfitüre mit Weißem Rum

- 1,5 kg Pfirsiche
- 500 g Gelierzucker 2:1
- 6 EL weißer Rum

1 Die Pfirsiche mehrmals einstechen, überbrühen und häuten. Danach halbieren und die Steine entfernen.
2 Das Fruchtfleisch pürieren und mit Gelierzucker vermischen. Unter Rühren aufkochen. Weitere Zubereitung wie Mirabellenkonfitüre.

Echte Marmelade aus Zitrusfrüchten

Blutorangenmarmelade

- **1 kg ungespritzte Blutorangen**
- **750 g Gelierzucker**

1 Die Orangen in heißem Wasser abbürsten und abtrocknen. Von ein oder zwei Früchten – je nachdem wie viel Schale in der Marmelade sein soll – die Schale so dünn abschälen, dass kein weißes Gewebe mehr daran hängt.
2 Die Schalen in feine Streifen schneiden.
3 Alle Früchte schälen und von den weißen Häuten befreien. Die Hälfte der Früchte pürieren, die andere Hälfte in Stücke schneiden.
4 Alles zusammen mit dem Gelierzucker vermischen und unter Rühren zum Kochen bringen. 4 Minuten sprudelnd kochen lassen und Gelierprobe machen.
5 Die Orangenschalen einrühren.
6 In Gläser füllen und verschließen. Während des Abkühlens mehrmals umdrehen, damit sich die Orangenschalen gleichmäßig verteilen.

SMART Tipp

› **Wird die relative** dicke Schale zum Beispiel von Pomelos verwendet, muss die Schale vor der Zubereitung der Marmelade getrennt in Stücke geschnitten und vorgekocht werden. Erst wenn sie glasig geworden ist, wird sie der Frucht-Zucker-Masse zugesetzt.

Pomelomarmelade

- **1 unbehandelte Pomelo (ergibt etwa 250 g Schale und 500 g Fruchtfleisch)**
- **3 große Orangen oder Grapefruits (je nach Geschmack)**
- **1 kg Gelierzucker**

1 Die Pomelo heiß abwaschen, abtrocknen, schälen und die Schale in kleine Würfel schneiden.
2 In einen Topf geben und mit Wasser auffüllen, dass die Schalen bedeckt sind.
3 Aufkochen und etwa 30 Minuten köcheln lassen; dabei verfärbt sich der ursprünglich weißliche Teil der Schale rosa und wird glasig.
4 In der Zwischenzeit das Fruchtfleisch der Pomelo von allen weißen Häutchen befreien.
5 Die Orangen oder Grapefruits auspressen.
6 Nach Beendigung der Kochzeit die Schalen in einem Sieb abtropfen lassen.
7 Zusammen mit dem Fruchtfleisch in einen großen Topf geben und mit dem Pürierstab zerkleinern.
8 Den ausgepressten Saft hinzugeben und mit dem Gelierzucker vermischen.
9 Das Ganze unter Rühren zum Kochen bringen und zwei Minuten sprudelnd kochen lassen.
10 Gelierprobe machen. Geliert die Marmelade gut, heiß in vorbereitete, saubere Schraubdeckelgläser füllen und sofort verschließen.

Pomelomarmelade

Zum Träumen: exotische Konfitüren

Dank schneller Verkehrswege und der Möglichkeit, empfindliches Obst in einer ununterbrochenen Kühlkette vom Erzeuger zum Verbraucher zu transportieren, werden bei uns mittlerweile fast das ganze Jahr über verschiedene „Exoten“ angeboten. Im Winter ist das Angebot aber immer noch am vielfältigsten. Arten wie Kiwis, Bananen und Ananas gehören ja schon zum Alltag. Darüber hinaus sind Mangos, Papayas, Feigen und Kakis regelmäßig bei uns zu erhalten. Sie alle lassen sich – einzeln oder miteinander kombiniert – zu feinen Konfitüren verarbeiten. Da bei diesen Früchten die Saftausbeute relativ gering ist, sind sie zur Geleebereitung weniger geeignet.

Für Trauben-Feigen-Konfitüre sind nur kernlose Trauben geeignet.

Trauben-Feigen-Konfitüre

- **800 g kernlose helle Trauben**
- **200 g blaue Feigen (ca. 6 Stück)**
- **500 g Gelierzucker 2:1**

1 Trauben waschen und von den Stielen zupfen. Feigen waschen, Stiele abschneiden und Früchte längs in feine Scheiben schneiden.
2 Die Trauben in einen großen Topf geben und erhitzen, bis sie etwas Saft ziehen. Dann mit dem Pürierstab grob zerkleinern, mit Gelierzucker mischen und zum Kochen bringen.
3 Die Feigen zufügen und das Ganze unter Rühren 4 Minuten sprudelnd kochen.
4 Gelierprobe machen, anschließend sofort in heiß ausgespülte Gläser füllen und verschließen.
5 Beim Abkühlen die Gläser mehrmals umdrehen, damit sich die Feigenscheiben gleichmäßig verteilen.

Kiwikonfitüre

- **8 Kiwis**
- **Saft einer Zitrone**
- **500 g Gelierzucker**

1 Die Kiwis schälen und in Scheiben schneiden. Mit einem Pürierstab zerkleinern, sodass noch einige Fruchtstücke enthalten sind.
2 Mit dem Zitronensaft und dem Gelierzucker vermischen und unter Rühren aufkochen.
3 4 Minuten sprudelnd kochen lassen und Gelierprobe machen.

Kiwis lassen sich solo oder mit anderen Früchten verarbeiten.

4 Anschließend in kleine, heiß ausgespülte Gläser füllen und sofort verschließen.

Variante

Ersetzen Sie vier Kiwis durch zwei große Bananen. Die Konfitüre wird dann milder und bekommt eine etwas andere Konsistenz. Auch das milde Fruchtfleisch der Papaya lässt sich gut mit den säurehaltigen Kiwis kombinieren.

Guavenkonfitüre

Guaven gehören zu den Früchten mit dem höchsten Vitamin C-Gehalt. Das Fruchtfleisch enthält sehr viel Pektin, daher sind sie für die Zubereitung von Konfitüre oder Gelee besonders gut geeignet.
In Amerika gehört Guavengelee zum normalen Sortiment in jedem Supermarkt; bei uns ist es noch immer eine Rarität. Am ehesten findet man die Früchte im Spezialfachhandel. Probieren Sie dann doch einfach mal diese exotische Köstlichkeit aus – Sie werden bestimmt begeistert sein!

So wird's gemacht:

1 Die Früchte waschen, zerschneiden und in einen weiten Topf geben. So viel Wasser zugeben, dass die Früchte gerade bedeckt sind.
2 Aufkochen, bis die Früchte weich sind.
3 Anschließend durch ein Sieb pürieren. Den Fruchtbrei abwiegen und mit der gleichen Menge Gelierzucker vermischen. Das Ganze aufkochen und 30 Sekunden sprudelnd kochen lassen.
4 Gelierprobe machen und sofort in Gläser abfüllen.

Im Trend: Gemüsekonfitüren

Einige Fruchtgemüsearten wie Tomaten oder Kürbisse lassen sich zu Konfitüren verarbeiten, wobei der süße Geschmack dann ausschließlich vom Zucker verliehen wird.

Kürbis-Apfel-Konfitüre

- 500 g Kürbismus
- 500 g Mus von säuerlichen Äpfeln (gekauft oder selbst gemacht)
- 500 g Gelierzucker 2:1
- 1 TL Zimt
- Saft von 1 Orange oder Zitrone

1 Kürbis- und Apfelmus in einem großen Topf mischen und leicht erwärmen.
2 Gelierzucker, Zimt und Orangen- oder Zitronensaft gut unterrühren, dann zum Kochen bringen und 4 Minuten unter Rühren sprudelnd kochen lassen. Gelierprobe machen.
3 Sofort in heiß ausgespülte Gläser füllen und fest verschließen.

Kürbis lässt sich gut mit Obst kombinieren.

SMART Tipp

- **So wird Kürbismus** selbst hergestellt: Etwa 700 g Kürbis schälen, Kerne und faseriges Innere entfernen, Fruchtfleisch würfeln. Mit 200 ml Apfelsaft oder Wasser 15 - 20 Minuten weich kochen, dann mit dem Pürierstab pürieren. Auf die gleiche Art kann auch das Apfelmus hergestellt werden.

Konfitüre aus grünen Tomaten

- 1 kg grüne Tomaten
- 1/8 l Weißwein
- 500 g Gelierzucker
- abgeriebene Schale von 1 unbehandelten Zitrone
- 2 cl Rum

1 Die Tomaten waschen und den Stielansatz herausschneiden. Die Früchte zerkleinern und in dem Wein weich kochen.
2 Durch ein Sieb passieren und die Masse mit dem Gelierzucker und der Zitronenschale vermischen. Unter Rühren aufkochen und 4 Minuten sprudelnd kochen lassen.
3 Gelierprobe machen, danach den Rum unterrühren.
4 Masse sofort in heiß ausgespülte Gläser füllen und verschließen.

Fruchtgemüse wie Tomaten eignet sich zur Konfitürenherstellung.

Rhabarberkonfitüre mit Pistazien

- 1 kg Rhabarber
- Saft von 1 Orange
- 1 kg Gelierzucker
- 100 g gehackte Pistazien

1 Den Rhabarber waschen, aber nicht abziehen, und in kleine Stücke schneiden.
2 Mit dem Orangensaft und dem Gelierzucker vermischen und etwa 3-4 Stunden zugedeckt durchziehen lassen.
3 Unter Rühren zum Kochen bringen und 4 Minuten sprudelnd kochen lassen. Gelierprobe machen.
4 Die gehackten Pistazien einrühren und die Masse sofort in Gläser füllen und verschließen. Während des Abkühlens die Gläser mehrmals umdrehen, damit sich die Pistazien gleichmäßig verteilen.

SMART

Schon gewusst?

- **Rhabarber** gehört zum Gemüse und nicht zum Obst, obwohl er fast immer wie Obst verarbeitet wird.

Voller Vitamine: kalt gerührte Konfitüren

Wie der Name schon sagt werden kalt oder roh gerührte Konfitüren ohne Kochen zubereitet. Da dadurch keine Keime abgetötet werden, müssen sie im Kühlschrank aufbewahrt und angebrochene Gläser innerhalb weniger Tage aufgebraucht werden.

Ob Marmelade, Konfitüre oder Gelee – Hauptsache, es schmeckt!

Wegen der geringen Haltbarkeit sollten Sie immer nur wenige Gläser auf einmal zubereiten. Hier lohnt sich also auch mal die Zubereitung, wenn nur kleine Mengen der zu verarbeitenden Früchte zur Verfügung stehen.
Im Kühlschrank aufbewahrt halten sich geschlossene Gläser höchstens drei Monate, vorausgesetzt bei der Zubereitung wurde sehr sauber gearbeitet. Außerdem muss gerade bei kalt gerührten Konfitüren besonders auf die Qualität der Früchte geachtet werden.
Eine Möglichkeit, sich einen Vorrat anzulegen, ist das Einfrieren in kleinen Portionen. Um die Haltbarkeit in den Gläsern zu verbessern und das Eindringen von Keimen zu verhindern, können Sie auch auf die abgefüllte Masse vor dem Verschließen der Gläser etwas hochprozentigen Schnaps geben.

Leuchtende Farbe

Bei herkömmlichen Konfitüren erfolgt durch das Erhitzen auch häufig eine Ver-änderung der Farbe: Die Fruchtmasse wird in der Regel dunkler. Nicht so bei kalt gerührten Konfitüren! Sie behalten die leuchtende Farbe der frischen Früchte, die dann häufig als unnatürlich empfunden wird, aber nur der naturreinen Fruchtfarbe entspricht. Außerdem besitzen die kalt gerührten

SMART Tipp

› **Für die Zubereitung** kalt gerührter Konfitüren empfiehlt sich die Verwendung eines Küchenmixers, weil das Frucht-Zucker-Gemisch sehr gründlich vermischt werden muss, damit sich der Zucker vollständig auflöst.

Fruchtaufstriche natürlich den höchsten Vitamingehalt, weil das Erhitzen wegfällt, durch welches immer ein Teil der wichtigen Inhaltsstoffe zerstört wird. Theoretisch lassen sich kalt gerührte Konfitüren mit normalem Haushaltszucker zubereiten, da ohnehin kein echtes Gelieren der Masse stattfindet. Dennoch empfiehlt sich die Verwendung von Gelierzucker, da durch die enthaltene Zitronensäure die Farbe noch besser erhalten bleibt. Alternativ sollte man bei Verwendung von normalem Zucker etwas Zitronensäure getrennt zusetzen.

Kalt gerührte Konfitüren sollten rasch aufgebraucht werden.

Grundrezept

- **1 kg Früchte (am besten saftige Früchte wie Beerenobst, Erdbeeren oder Steinobst)**
- **1 kg Gelierzucker**
- **bei säurearmen Früchten zusätzlich der Saft einer Zitrone**
- **4 Esslöffel passender Schnaps (zum Beispiel Himbeergeist, Pflaumenschnaps usw.)**

1 Die Früchte verlesen, waschen, trockentupfen und falls nötig entsteinen. Nur makellose Früchte verwenden.

2 Zusammen mit der gleichen Menge Gelierzucker im Mixer pürieren.

3 Nach und nach den Zitronensaft dazugeben.

4 Das Ganze so lange mixen, bis sich der Zucker vollständig aufgelöst hat und die Masse zu glänzen beginnt.

5 Anschließend für 10 bis 15 Minuten ruhen lassen, damit die durch das Mixen entstandenen Luftblasen entweichen können.

6 In der Zwischenzeit kleine, dicht verschließbare Gläser einschließlich Deckel gründlich reinigen, am besten auskochen.

7 Die Masse in die Gläser füllen und jeweils auf die Oberfläche etwas Alkohol träufeln.

8 Verschließen und im Kühlschrank aufbewahren.

Gelee – eine klare Sache

So gelingt es sicher

Bei der Herstellung von Gelee wird nur der reine Fruchtsaft verwendet. Gelee sollte im Idealfall völlig klar sein. Etwas Fruchtfleisch im Saft trübt vielleicht den optischen Eindruck etwas, aber auf keinen Fall den Geschmack.

Nur frisch gepresste Säfte eignen sich zur Geleebereitung.

Grundrezept Gelee

- **1 l Fruchtsaft**
- **1 kg Gelierzucker**

1 Den Fruchtsaft mit dem Gelierzucker vermischen.
2 Falls der Saft durch Dampfentsaftung gewonnen wurde, sollte er erst abkühlen, bevor der Zucker zugesetzt wird.
3 Unter ständigem Rühren aufkochen und die für den Gelierzucker angegebene Kochzeit sprudelnd kochen lassen.
4 Gelierprobe machen (siehe Seite 23), in kleine, vorbereitete Gläser füllen und sofort verschließen.

Tipps fürs Gelieren

Je nach Fruchtart und Wassergehalt des Saftes gelieren manche Gelees schwerer als Konfitüren und Marmeladen. Enthalten die Früchte wenig Pektin oder wurde beim Dampfentsaften etwas zu lange entsaftet, wodurch mehr Wasseranteil im Saft ist, müssen Sie eventuell eine etwas längere Kochzeit mit einkalkulieren. Um das Gelieren zu erleichtern, sollten Sie Gelee immer in kleinere Gläser füllen als Konfitüre. Je kleiner das Gefäß ist, umso schneller und leichter kann sich die stabilisierende feste Struktur des Gelees aufbauen. Die Gläser sollten bis zum vollständigen Gelieren möglichst nicht bewegt werden, es sei denn enthaltende „Einlagen“ sollen sich gleichmäßig in der Masse verteilen. Durch vorsichtiges Kippen eines Glases lässt sich leicht feststellen, ob die Masse schon ausreichend fest ist.

Für Gelee geeignet

Nicht alle Früchte sind gleich gut für die Zubereitung von Gelee geeignet. Grundsätzlich sollte man nur aus Früchten Gelee zubereiten, die einen hohen Saftgehalt besitzen und auch leicht zu entsaften sind.

- **Früchte wie** Erdbeeren, Pflaumen, Aprikosen oder Bananen sind weniger geeignet. Anders sieht es bei den Beerenfrüchten wie Johannisbeeren, Stachelbeeren und Brombeeren aus. Himbeeren und Heidelbeeren lassen sich dagegen viel besser zu Konfitüre verarbeiten.
- **Weiterhin gut geeignet** für Gelee ist Kernobst. Äpfel und Quitten enthalten viel Pektin und lassen sich sehr gut heiß entsaften. Aus ihnen können Sie problemlos Gelee zubereiten, das immer gelingt. Birnen sind wegen des geringeren Pektingehaltes und des weniger intensiven Aromas nicht ganz so gut geeignet und sollten aus diesem Grund mit anderen Früchten kombiniert werden.
- **Nicht zuletzt** lassen sich auch aus Sauerkirschen mit ihrem hohen Saftgehalt hervorragende Gelees zubereiten, die nicht nur durch die tiefrote Farbe, sondern auch durch das edle, säuerliche Aroma bestechen und am besten ohne irgendwelche anderen Zutaten pur verarbeitet werden.
- **Aus saftreichen** Zitrusfrüchten (besonders Blutorangen) und Weintrauben können Sie auch Gelees herstellen, wobei diese Früchte hierfür kalt entsaftet werden.

Aus Kernobst lassen sich feine Gelees herstellen.

Heiß oder kalt: richtig entsaften

Für die Herstellung von Gelee wird nur der Saft der Früchte verwendet, damit das Gelee auch später durchscheinend klar wird. Um den Saft zu gewinnen, gibt es mehrere Möglichkeiten.

Dampfentsafter mit eingebautem Heizelement.

Bequemes Dampfentsaften

Am besten und bequemsten ist die Verwendung eines Dampfentsafters. Hierbei wird der aufsteigende Dampf von kochendem Wasser durch die Früchte geleitet, die oberhalb in einen Metallkorb gegeben werden. Dieser Metallkorb sitzt in einem Gefäß, der den austretenden Saft auffängt. Durch den heißen Wasserdampf platzen die Zellwände der Früchte auf und der klare Saft läuft ab. Der Vorteil dieser Methode ist, dass das in den Früchten enthaltene Pektin durch das Erhitzen aus den Früchten herausgelöst wird und in den Saft übergeht und somit der Saft später besser geliert. Daher sollten pektinreiche Früchte wie Äpfel, Quitten oder Johannisbeeren auf alle Fälle heiß entsaftet werden. Die Methode ist aber auch für alle anderen Obstarten gut geeignet. Und außerdem lässt sich der Saft heiß in saubere Flaschen abfüllen und zur späteren Verwendung dicht verschlossen eine gewisse Zeit aufbewahren.

Traditionelle Methode

Wenn Sie keinen Dampfentsafter zur Verfügung haben und die Anschaffung scheuen, da Sie nur selten Gelee zubereiten, können Sie auch auf eine alte traditionelle Methode zurückgreifen. Hierzu werden 2 kg Früchte mit 1 Liter Wasser aufgekocht, bis die Früchte weich sind und möglichst viel Saft abgegeben haben. Dann wird der heiße Fruchtbrei in ein Mulltuch geschüttet, das zuvor über eine große Schüssel gespannt wurde, damit der Saft ablaufen kann. Allerdings erfolgt das Ablaufen des Saftes sehr langsam. Denn der Fruchtbrei darf mit dem Tuch nicht ausgepresst werden, da sonst der Saft trüb wird.
Wenn Sie schon einen herkömmlichen Einkochtopf besitzen, um Obst oder Gemüse in Gläsern einzuwecken, können Sie dafür auch einen so genannten Saftgewinner-Einsatz kaufen. Dieser Einsatz passt in alle Einkochtöpfe mit 35 cm Durchmesser und 30 cm Innenhöhe.
Ein weiterer Vorteil des Dampfentsaftens ist, dass alle schädlichen Mikroorganismen, die den Früchten anhaften, durch den heißen Wasserdampf abgetötet werden. So erhalten Sie einen keimfreien Saft, den

Sie nicht nur zur Gelee verarbeiten können, sondern der sich - in saubere, möglichst keimfreie Flaschen abgefüllt - lange hält.

Kaltentsaften

Pektinarme Früchte können auch kalt mit einer elektrischen Saftzentrifuge entsaftet werden. Eventuell vorhandenes Pektin bleibt aber dabei weitgehend in den Fruchtresten zurück. Außerdem ist der Saft meistens trüb. Die Trubstoffe setzen sich jedoch ab, wenn man ihn einige Zeit stehen lässt. Ein weiterer Nachteil ist bei größeren Mengen die zwischendurch erforderliche Reinigung der Siebscheiben, die den ganzen Arbeitsvorgang erheblich in die Länge zieht.

▸ **Zitrusfrüchte** entsaften Sie am besten mit einer Zitruspresse. Für kleine Mengen reichen die einfachen Handpressen aus. Wenn Sie regelmäßig größere Mengen verarbeiten möchten, lohnt sich durchaus die Anschaffung einer elektrischen Zitruspresse.

Übrigens geben Zitrusfrüchte mehr Saft ab, wenn man sie zuvor auf einer harten Oberfläche kräftig mit Druck durch die Handfläche hin- und herrollt. Dann platzen die Saftschläuche im Innern auf und der Saft wird besser freigesetzt. ●

Eine alte Methode zum Entsaften ist das Verwenden eines Mulltuchs, durch das der Saft läuft.

SMART

Dampfentsafter

› **Wer regelmäßig Gelee** zubereitet, sollte sich auf alle Fälle einen Dampfentsafter zulegen. Einfache Ausführungen zum Betreiben auf einer Herdplatte sind schon recht günstig zu haben.

› **Etwas teurer,** aber auch bequemer zu handhaben sind Dampfentsafter mit eingebautem Heizelement, die unabhängig vom Herd elektrisch betrieben werden können.

Fruchtig-frisch: gelbe Gelees

Quittengelee mit Vanille und Mandellikör

- **1,25 kg Quitten**
- **2 Vanilleschoten**
- **1 kg Gelierzucker**
- **20 ml Mandellikör**

1 Quitten mit einem weichen Tuch abreiben, waschen und grob zerschneiden.
2 Quittenstücke mit 1,25 Liter Wasser zum Kochen bringen. 25-30 Minuten köcheln lassen, bis die Quitten weich sind, dann auf einem Sieb oder Safttuch abtropfen lassen. Alternativ lassen sich die klein geschnittenen Quitten auch sehr gut im Dampfentsafter entsaften.

SMART Tipp

› **Für die Zubereitung** von Weintraubengelee eignet sich nur frisch gepresster Saft aus Früchten, da gekaufter Traubensaft wesentlich schlechter geliert.
Sind die Weintrauben sehr süß, empfiehlt sich die Zubereitung mit Gelierzucker 2:1 oder 3:1.

3 1 l Quittensaft abmessen, eventuell fehlende Menge mit etwas Wasser auffüllen. Vanilleschoten längs einritzen und das Mark auskratzen. Vanillemark und -schoten, Quittensaft und Gelierzucker in einem großen Topf vermischen, bei mittlerer Hitze zum Kochen bringen und 4 Minuten unter Rühren sprudelnd kochen lassen.
4 Gelierprobe machen. Anschließend Vanilleschoten entfernen, Likör unterrühren, das Gelee sofort in heiß ausgespülte, kleine Gläser füllen und verschließen.

Weintraubengelee

- **1,5 kg weiße oder rote Weintrauben**
- **1 kg Gelierzucker**

1 Die Weintrauben waschen, abtropfen lassen und von den Stielen zupfen.
2 Trauben mit einer elektrischen Saftzentrifuge entsaften. Es sollte etwa 1 Liter entstehen.
3 Den Saft mit dem Gelierzucker vermischen und unter Rühren aufkochen. 4 Minuten sprudelnd kochen lassen und dann Gelierprobe machen.
4 In kleine heiß ausgespülte Gläser füllen und sofort verschließen.

Zitronengelee

- **Frisch gepresster Saft von möglichst saftigen, großen Zitronen**
- **Gelierzucker (so viel Gramm wie Milliliter Saft)**
- **Frische Minzeblättchen**

Da Zitronen je nach Sorte und Größe eine unterschiedliche Saftausbeute haben, sind hier keine genauen Mengen angegeben. Messen Sie die Saftmenge ab und vermischen Sie sie mit der gleichen Menge in Gramm an Gelierzucker.
1 Den Zitronensaft mit dem Gelierzucker vermischen und unter Rühren aufkochen. Etwa 4 Minuten sprudelnd kochen lassen und anschließend die Gelierprobe machen (siehe Seite 23).
2 Das Gelee in kleine Gläser füllen und vor dem Verschließen in jedes Glas ein sauberes Minzeblättchen geben.

SMART Tipps

- **Natürlich lässt** sich Gelee auch mit Saft von Limetten oder in Kombination mit Orangensaft zubereiten.
- **Für ein Zitrusgelee** mit „Schuss" eignet sich Campari. Einfach ein Gläschen vor dem Abfüllen in die heiße Masse rühren.
- **Wie lange** die Entsaftung im Dampfentsafter dauert, hängt von der Art des Obstes ab. Harte Früchte wie Quitten oder Äpfel benötigen eine Dampfzeit von 75 bis 90 Minuten. Bei saftreichen, weichen Früchten reicht dagegen meistens eine Dampfzeit von 30 bis 45 Minuten aus.

Quittengelee – ein Klassiker auf dem Frühstückstisch.

Berberitzen-Apfel-Gelee

- **500 g Berberitzen**
- **500 g Äpfel**
- **500 g Gelierzucker**

1 Die Berberitzen und die Äpfel gründlich waschen und heiß entsaften. Verwenden Sie dazu einen Dampfentsafter (siehe Seite 50/51).

2 Den abgekühlten Saft mit dem Gelierzucker vermischen und 4 Minuten sprudelnd kochen lassen.

3 Gelierprobe machen und anschließend in kleine, heiß ausgespülte Gläser füllen.

Beerig-gut: rote Gelees

Weihnachtliches Brombeergelee

- 1 kg Brombeeren
- 1/4 l kräftiger Rotwein
- 4 Gewürznelken
- 2 Sternanis
- 1/2 Zimtstange
- je 1 Stück unbehandelte Zitronen- und Orangenschale
- 500 g Gelierzucker 2:1

1 Brombeeren verlesen, mit 1/4 l Wasser zum Kochen bringen und 3-4 Minuten garen, bis sie Saft ziehen. Brombeeren auf einem Safttuch oder Sieb abtropfen lassen. Alternativ die Brombeeren im Dampfentsafter entsaften. 3/4 Liter Saft abmessen, eventuell mit wenig Wasser auffüllen.

2 Rotwein mit Gewürzen und Zitrusschalen in einem großen Topf aufkochen. Brombeersaft und Gelierzucker zufügen und gut unterrühren. Zum Kochen bringen und mindestens 3 Minuten unter Rühren sprudelnd kochen lassen.

3 Gewürze und Zitrusschalen entfernen und Gelierprobe machen.

4 Sofort in heiß ausgespülte Gläser füllen und fest verschließen.

Weihnachtliches Brombeergelee

Johannisbeergelee

- 1 kg rote Johannisbeeren
- 1 kg schwarze Johannisbeeren
- 1 kg Gelierzucker

1 Die Johannisbeeren waschen und in einem Sieb abtropfen lassen. Anschließend in einem Dampfentsafter heiß entsaften. Die Saftausbeute sollte mindestens 1 Liter betragen.

2 Den Saft abkühlen lassen und mit dem Gelierzucker vermischen. Anschließend aufkochen und unter Rühren 4 Minuten sprudelnd kochen lassen.

3 Gelierprobe machen (siehe Seite 23), sofort in kleine, heiß ausgespülte Gläser füllen und fest verschließen.

> **SMART Tipp**
>
> › **Je nach Angebot** können Sie die Anteile an roten und schwarzen Johannisbeeren variieren. Auch die etwas selteneren weißen Johannisbeeren lassen sich mitverarbeiten. Ist der Anteil an schwarzen Johannisbeeren höher, bekommt das Gelee ein kräftigeres Aroma und geliert stärker.

Schnelles Sauerkirschgelee

- 1/4 l Saft von einem Glas Sauerkirschen (fällt z. B. als Rest beim Backen an) oder frisch entsaftet
- 2 EL Zitronensaft
- 330 g Zucker
- 45 g flüssiges Geliermittel
- 2 EL Kirschwasser

1 Kirschsaft, Zitronensaft und Zucker vermischen, aufkochen und mindestens 2 Minuten sprudelnd kochen lassen. Dann das Geliermittel hinzugeben und nochmals aufwallen lassen.

2 Gelierprobe machen. Das Kirschwasser unterrühren und das Gelee in kleine, heiß ausgespülte Gläser füllen und verschließen.

Johannisbeeren eignen sich hervorragend zur Geleebereitung.

Holunderbeer-Apfel-Gelee

- 1 kg Holunderbeeren
- 500 g Äpfel
- 1 kg Gelierzucker
- Saft einer Zitrone
- nach Geschmack 5 EL Calvados

1 Beeren und Äpfel getrennt heiß entsaften. Etwa 0,7 l Holundersaft und 0,3 l Apfelsaft miteinander vermischen und zusammen mit Zitronensaft und Gelierzucker unter Rühren aufkochen. 4 Minuten sprudelnd kochen lassen, dann Gelierprobe machen.

2 Nach Geschmack noch 5 EL Calvados unterrühren, das Gelee in kleine, heiß ausgespülte Gläser füllen und fest verschließen.

SMART

Schon gewusst?

- **Reiner Holunderbeersaft geliert nicht sehr gut. Sie können jedoch durch die Zugabe von pektinreichem Apfelsaft seine Gelierfähigkeit erhöhen.**

Fruchtmus selbst machen

Fruchtmus zeichnet sich dadurch aus, dass es nur aus einer Fruchtart besteht und der Zuckergehalt häufig wesentlich geringer als bei den anderen Zubereitungen ist. Dafür wird länger erhitzt.

▾ Verschiedene Gewürze verleihen Pflaumenmus das typische Aroma.

Pflaumenmus

- 3 kg Pflaumen
- 500 g Gelierzucker
- Schale von 1 unbehandelten Zitrone
- 2 Stangen Zimt
- 2 Stück Sternanis
- 1 TL gemahlener Ingwer

1 Die Pflaumen waschen, entsteinen und durch die grobe Scheibe des Fleischwolfs drehen oder im Mixer zerkleinern.

SMART Tipp

› **Bei der Zubereitung** von Pflaumenmus ist aufgrund der langen Kochzeit das regelmäßige Umrühren sehr wichtig, damit die Masse nicht anbrennt und dadurch ungenießbar wird.

2 Die übrigen Zutaten unterrühren und die Masse auf der Fettpfanne des Backofens verteilen.

3 Bei 175 °C im Backofen etwa 1 1/2 Stunden einkochen, bis ein zähes Mus entstanden ist, dabei mehrfach umrühren.

4 Anschließend in saubere, vorbereitete Gläser füllen und sofort dicht verschließen.

Hagebuttenmus

Hagebuttenmus ist die Grundlage für viele Rezepte und wird auch häufig schon fertig abgefüllt angeboten. Bei diesem Mus handelt es sich dann aber um reines

Fruchtmark ohne Zuckerzusatz. Für einen gesunden Brotaufstrich dieser sehr vitaminhaltigen Früchte muss jedoch Zucker zugesetzt werden, da das Mus sonst zu sauer schmeckt.

1 Die Hagebutten in einen Topf geben und so viel Wasser zufügen, dass die Früchte gerade bedeckt sind.
2 Erhitzen und so lange kochen, bis die Früchte weich sind.
3 Fruchtbrei durch ein Sieb streichen, damit die kleinen Kerne und Schalen zurückbleiben.
Das so erhaltene Fruchtmus ist Grundlage für viele weitere Zubereitungsmöglichkeiten.

Für einen haltbaren Brotaufstrich wird das Mus (vorher abwiegen!) – je nach Geschmack – mit derselben oder halben Menge Gelierzucker vermischt. Auf kleiner Flamme etwa 1 Stunde lang erhitzen, dabei häufiger umrühren. Es darf nicht anbrennen. Anschließend in kleine saubere Gläser füllen und verschließen.

Zubereitung mit der Mikrowelle Für die schnelle Zubereitung kleiner Mengen an Fruchtaufstrich eignet sich auch die Zubereitung im Mikrowellengerät. Als Kochgefäß verwenden Sie hierfür einen Glastopf. Da offen gegart wird, sollte er möglichst groß sein, damit nichts von der Masse herausspritzt.
So wird's gemacht 500 g vorbereite Früchte oder 500 ml Fruchtsaft mit 500 g Gelierzucker vermischen. Auf höchster Stufe 10 bis 15 Minuten (je nach Leistung des Gerätes) garen. Zwischendurch drei- bis viermal umrühren. Am Ende der Garzeit muss auf alle Fälle eine Gelierprobe durchgeführt werden. Geliert die Masse noch nicht, 2 Minuten weiter garen und erneut Gelierprobe machen. Die Abfüllung erfolgt wie bei den herkömmlichen Methoden.
Wenn Sie nur die halbe Menge zubereiten, verkürzt sich die Garzeit entsprechend.

Reiner Genuss: Gelees mit Wein

Eine raffinierte Variante bei der Zubereitung von Gelees ist die Verwendung von Wein statt Fruchtsaft, wobei entweder nur ein Teil des Saftes oder die gesamte Menge durch Wein ersetzt wird. Auch hier lassen sich wieder rote und gelbe Gelees unterscheiden.

Weißweingelee mit Waldmeister

- **1/2 l trockener Weißwein**
- **1/2 l Traubensaft, frisch kalt gepresst**
- **1 kg Gelierzucker**
- **1 Bund Waldmeister**

1 Den Waldmeister gründlich waschen und trockenschütteln. Einige Stiele in einem Plastikbeutel im Kühlschrank aufbewahren. Von den restliche Stielen die Blättchen abzupfen, grob hacken, in ein Gefäß geben und mit dem Wein begießen. Die Waldmeister-Wein-Mischung abdecken und über Nacht im Kühlschrank ziehen lassen.

2 Am nächsten Tag den Traubensaft pressen und mit dem Gelierzucker vermischen.

3 Den Waldmeister aus dem Kühlschrank nehmen und die Blättchen abzupfen.

4 Den Wein abseihen und zusammen mit dem Traubensaft-Zucker-Gemisch aufkochen.

5 4 Minuten sprudelnd kochen lassen und dann Gelierprobe machen.

6 Vom Herd nehmen und die restlichen Waldmeisterblättchen einrühren.

7 Das Gelee in kleine heiß ausgespülte Gläser füllen und sofort verschließen. Während des Abkühlens mehrmals umdrehen, damit sich die Blättchen in dem Gelee gut verteilen.

> SMART Tipp
>
> › **Sie können auch** in jedes Glas statt der einzelnen Blättchen einen ganzen Stängel Waldmeister geben. Dann erübrigt sich das Umdrehen der Gläser während des Abkühlens.

Johannisbeer-Rotwein-Gelee

- **1 kg rote Johannisbeeren**
- **500 g schwarze Johannisbeeren**
- **1/4 l Wasser**
- **200 g Zucker**
- **1 TL Zimt**
- **1/4 l Rotwein**
- **1 kg Gelierzucker**

1 Die Johannisbeeren waschen und zusammen mit Wasser, Zimt und Zucker aufkochen, bis die Früchte aufplatzen. Den Saft durch ein Tuch ablaufen lassen.

2 1 l Saft mit dem Rotwein und dem Gelierzucker vermischen und unter Rühren aufkochen.

3 4 Minuten sprudelnd kochen lassen und anschließend Gelierprobe machen (siehe Seite 23).

4 Sofort in kleine heiß ausgespülte Gläser füllen und verschließen.

Weißweingelee für Feinschmecker
Rotes Winzergelee

Gelees mit „Einlage“

Rosen in Apfelgelee

- **40 stark duftende Rosenblätter (ungespritzt)**
- **2 feste Äpfel (à ca. 200 g)**
- **Saft von 1 Zitrone**
- **700 ml Apfelsaft**
- **1 kg Gelierzucker**

1 Ungespritzte und saubere Rosenblätter vom Stielansatz trennen, mit kochendem Wasser übergießen, abgießen, kalt abschrecken und auf Küchenpapier ausgebreitet trocknen lassen.
2 Äpfel schälen, Kerngehäuse ausstechen und Äpfel quer in hauchdünne Ringe hobeln. Mit Zitronensaft beträufeln, damit sie nicht braun werden.
3 Apfelsaft und Gelierzucker zum Kochen bringen. Rosenblätter zugeben und 3 Minuten unter Rühren sprudelnd kochen lassen. Apfelringe zufügen und etwa 60 Sekunden weiterkochen, bis die Ringe weich und glasig sind.
4 Gelierprobe machen. Anschließend sofort in heiß ausgespülte Gläser füllen und fest verschließen. Beim Abkühlen der Masse die Gläser mehrmals umdrehen, damit sich die Rosenblätter und Apfelringe gleichmäßig im Glas verteilen.

Stachelbeergelee mit Walderdbeeren

- **etwa 1 kg Stachelbeeren**
- **500 g Gelierzucker**
- **100 g Walderdbeeren**

1 Die Stachelbeeren waschen, abtropfen lassen und heiß entsaften. Für das Rezept wird 1/2 Liter Saft benötigt.
2 Die Walderdbeeren verlesen und von eventuell anhaftenden Stielen oder Blättchen befreien.
3 Den Saft mit dem Gelierzucker vermischen und unter Rühren aufkochen.
4 Nach 2 Minuten Kochzeit die Walderdbeeren dazugeben. Nach weiteren 2 Minuten Gelierprobe machen.
5 In heiß ausgespülte Gläser füllen und fest verschließen. Während des Abkühlens die Gläser mehrmals umdrehen, damit sich die Erdbeeren gleichmäßig verteilen.

Apfelgelee mit Holunderblüten

- **etwa 2 kg Äpfel**
- **500 g Gelierzucker 2:1**
- **3-4 Dolden Holunderblüten**

1 Die Äpfel heiß entsaften und 1 Liter Saft abmessen.
2 Die Holunderblüten möglichst nicht waschen, eventuellen Schmutz abschütteln. Die kleinen Blüten von den Stielen zupfen. Das geht am leichtesten, wenn man die Dolden vorher einige Stunden liegen lässt. Sind sie etwas angewelkt, lassen sich die Blüten ganz einfach abschütteln. Ihr duftiges Aroma behalten sie trotzdem.
3 Den Apfelsaft mit dem Gelierzucker vermischen und unter Rühren aufkochen.
4 4 Minuten sprudelnd kochen lassen und dann Gelierprobe machen.
5 Zum Schluss die Holunderblüten einrühren.
6 In kleine, heiß ausgespülte Gläser füllen und sofort verschließen. Während des Abkühlens die Gläser mehrmals umdrehen, damit sich

Rosenblütenblätter verfeinern das Apfelgelee.

die Blüten im Gelee verteilen.

Variante

Anstatt der Holunderblüten können Sie auch klein gehackte Melisse- oder Minzeblättchen verwenden.

SMART Tipp

› **Achten Sie darauf,** dass die Kräuter, Blätter oder anderen Zutaten für das „Innenleben" sauber und trocken sind, damit das Gelee nicht verunreinigt wird.

Adventsgelee

- 0,75 l trockener Rotwein
- 200 ml frisch gepresster Orangensaft
- 1 Zimtstange
- 4 – 5 Gewürznelken
- 1 Prise geriebene Muskatnuss
- 1 kg Gelierzucker

1 Alle Zutaten in einem weiten Topf vermischen und unter Rühren aufkochen. 4 Minuten sprudelnd kochen lassen. Gelierprobe machen.
2 Vor dem Abfüllen Gewürze mit einem Schaumlöffel herausnehmen.
3 Sofort in kleine heiß ausgespülte Gläser füllen und verschließen.

Varianten

Statt des Gelierzuckers können Sie auch braunen Zucker verwenden. Dann benötigen Sie aber noch zwei Beutel Gelierpulver, damit die Masse auch geliert.
Statt der einzelnen Gewürze können Sie ein oder zwei Beutel Glühfix verwenden, die Sie zuvor in dem erwärmten Wein etwa 10 Minuten ziehen lassen.

Infoecke

Adressen/Bezugsquellen

▸ **Einmachhilfen, -gläser:**
J. Weck GmbH & Co. KG
Wehratalstr. 3
79664 Wehr
Tel.: 07761/935 – 0
Fax: 07761/5 76 91
Internet: www.weck.de

▸ **Zucker, Gelierzucker:**
Südzucker AG
Maximilianstr. 10
68165 Mannheim
Tel.: 0621/421 – 0
E-Mail: info@suedzucker.de
Internet: www.suedzucker.de

▸ **Zucker, Gelierzucker:**
Pfeifer & Langen
Limnicher Str. 48
50933 Köln
Tel.: 0221/49 80 – 0
Fax: 0221/49 80 – 371
E-Mail: info@pfeifer-langen.com
Internet: www.pfeifer-langen.de

Zur Autorin

▸ **Dr. Gabriele Lehari** ist promovierte Biologin und hat viele Bücher zu den Themen Tiere, Garten und Kochen geschrieben. Sie arbeitet als freiberufliche Autorin, Übersetzerin und Lektorin und lebt in Reutlingen.

Infos und Tipps

▸ **CMA** Centrale Marketing Gesellschaft der deutschen Agrarwirtschaft mbH
Koblenzer Str. 148
53177 Bonn
Tel.: 0228 / 847 – 0
Fax: 0228/ 84 72 02
E-Mail: info@cma.de
Internet: www.cma.de

Bildquellen

Helga Buchter: Seite 17, 19, 20, 27, U3 Mitte
CMA Zucker: Seite 4/5 (U2 rechts), 6, 16, 21, 22, 26, 30, 31, 32, 33, 40, 42, 44, 49 (63 links), 53, 54 (63 rechts), 59, 61, 64
StockFood / Arras, Klaus: Seite 29 (62 rechts)
StockFood / FoodPhotogr. Eising: Seite U3 rechts
StockFood / Gabula Art-Foto: Seite 9 (62 links)
Fridhelm Volk, Stuttgart: Seite 11, 12, 13, 23, 24/25 (1 links), 35, 36, 37, 39, 41, 43, 45, 46/47 (1 rechts), 55, 56, 57, U3 links
Ingo Wandmacher, Bad Schwartau: Seite 2/3 (U2 links), 7, 14, 48, 51
J. Weck GmbH & Co. KG, Wehr: Seite 50

Impressum

Bibliografische Information der Deutschen Bibliothek
Die Deutsche Bibliothek verzeichnet diese Publikation in der Deutschen Nationalbibliografie; detaillierte bibliografische Daten sind im Internet über http://dnb.ddb.de abrufbar.

Wollgrasweg 41,
70599 Stuttgart
Internet: www.ulmer.de
Lektorat: Anke Ruf
Covergestaltung und Layout: X-Design, München
DTP: juhu media, Susanne Dölz, Bad Vilbel
Druck und Bindung: Litotipografia-editrice Alcione, Trento
Printed in Italy
Umschlagfoto: © Gillé, Christine / www.stockfood.com

ISBN 3-8001-4889-7

Literatur

- **Lehari,** Gabriele: Früchte einkochen, kandieren, einlegen. Verlag Eugen Ulmer, Stuttgart 2002
- **Lehari,** Gabriele: Exotisches Obst und Gemüse für die Küche. Verlag Eugen Ulmer, Stuttgart 2002
- **Lehari,** Gabriele: Ulmers großes Obst- und Gemüsebuch. Verlag Eugen Ulmer, Stuttgart 2002
- **Lehari,** Gabriele: Vorratshaltung. Frisch halten, einfrieren, konservieren. Verlag Eugen Ulmer, Stuttgart 2003

Haftung

Kluge Tipps für SMART-KIDS

Schlaue Extras

Kochen von Konfitüre und Gelee ist ganz leicht. Auf dieser Seite findet ihr ein einfaches Rezept und viele Tipps, wie man die süßen Leckereien auch noch hübsch verzieren kann.

Auch wenn die Zubereitung von den leckeren Fruchtaufstrichen ganz einfach ist, lasst euch dabei immer von einem Erwachsenen helfen und seid beim Kochen vorsichtig. Denn die Fruchtmasse wird sehr heiß und kann auch manchmal spritzen. Daher passt gut auf, dass ihr euch nicht verbrennt.